M. de Balzac, né du Journalisme, vivant du Journalisme, enrichi par le Journalisme, a écrit quelque part ces lignes sur le Journalisme :

. . . . ; . . . . . :
. . . . ? — . . . . . !!! . .
. . . . : . . . . ;
— . . . . !!!! — . . . .
. . . .
. . . . . . — . . . . . . ? . .
. !!......

1843

Ye

56,134

SUR LE DERNIER VOTE DES ÉLECTIONS MUNICIPALES.

Je suis franc avant tout. Au risque de déplaire,
J'ai laissé fulminer mon iambe en colère,
Eclater mes regrets et gémir mes douleurs ;
J'ai vengé le Passé de cette époque ingrate
En la marquant au front d'un flétrissant stigmate,
Sans égard aux partis, sans égard aux couleurs,

Car je n'ai point au cœur de haine personnelle,
Car ma politique est simple et rationnelle :
« Fonder me semble bon, démolir un abus ;
» Il faut que l'Avenir au Passé se relie,
» Edifier en l'air est une anomalie
» Dont beaucoup de rêveurs aujourd'hui sont imbus ;

» Lorsque l'homme et le temps sont aux petites choses,
» Je ris de ces honneurs, de ces apothéoses,
» De ce haut piédestal qu'on dresse pour un nain,
» Je dis : Raca, malgré ma charité chrétienne,
» Au tout petit grand homme, idole quotidienne
» Qu'on exalte aujourd'hui pour abattre demain.

» Variant, chaque jour, sa couleur et son thême
» Et du grand *Bilboquet* adoptant le systême,
» Le Journalisme vit des badauds qu'il endor
» Et sa démagogie altière et furibonde
» Ne connait pas de frein, ne connait pas de bonde,
» Si la bonde et le frein ne sont pas ouvrés d'or !..

» Comme un coq furieux s'il redresse sa huppe
» C'est que par un pouvoir aussi peureux que dupe
» Au plus haut prix possible il veut être acheté,
» Des méfaits du pouvoir il ne grossit la note
» Que pour vendre plus cher, l'ignoble Iscariote,
» De ses courroux d'emprunt la menteuse âpreté...

» Valencienne a pu voir un Brutus intègre
» Dans l'antre de la Presse, un beau jour, entré maigre,
» En sortir surchargé de graisse et de butin,
» Pourtant jamais vertu plus radicale et fière
» D'un pouvoir gangréné n'avait sondé l'ulcère...
» Hélas! dans un bain d'or cet astre s'est éteint! »

Et moi, je ne pourrai, dans un vers énergique,
De ces faits accomplis enseigner la logique?
Quoi! je serai méchant parce que je suis vrai?..
Non — Quand ma conscience est tranquille et me presse
D'obéir à ses vœux, — que la vérité blesse
Ou l'un ou l'autre bord, je la proclamerai!..

De nulle ambition mon âme n'est atteinte;
Ce que j'aime, sur tout, c'est toi, Liberté sainte!
Vous, Arts qui fleurissez ma fière pauvreté,
C'est toi, Valencienne, ô vierge qu'on viole,
Madone à qui l'on prend sa splendide auréole,
Reine qu'on découronne avec indignité!..

Je sais bien qu'en frappant de stupeur et d'angoisse
Quelques ambitieux que la vérité froisse,
De leur courroux altier j'allumai le brandon,
Je sais qu'ils ont traité de fauteur de scandales,
Celui qui justement les traita de vandales
Et qu'ils n'auront pour moi ni trêve ni pardon!..

Ni trêve ni pardon... C'est de l'ingratitude
Et de la noire encore !.. en sa mansuétude.
Quoi ! l'on subit leur morgue et leurs airs arrogants,
On ne s'indigne pas de leur astuce oblique,
On se tait sur le sac de l'épargne publique
Et ce n'est que tout bas qu'on les nomme intrigants;

On veut bien afficher l'espérance hypocrite
De voir poindre, en leur nuit, quelqu'aube de mérite,
Tarir leur égoïsme et tomber leur orgueil,
On farde sa critique, on colore les choses,
On couche ces Messieurs sur des feuilles de roses,
D'un édredon moëlleux on garnit leur fauteuil...

Et, lorsqu'on attend tout de leur reconnaissance,
Eux, gens sans procédés comme sans conscience,
Loin d'admirer bien haut et bien haut de bénir
Le talent qu'à les peindre a dépensé l'artiste,
S'exaspérant au nom de leur panégyriste,
Voteraient, s'ils osaient ! pour qu'on le fît bannir !...

Ni trêve ni pardon !.. eh bien ! soit : le poète
N'aura point bâillonné, pour la rendre muette,
L'auguste Vérité qui met sa force en lui,
S'il a de quelque fiel imprégné ses paroles,
Il n'aura pas, du moins, interverti les rôles
Dans cet Imbroglio qu'on nous sert aujourd'hui...

Il n'aura pas, du moins, haineux folliculaire,
En flots de calomnie épanché sa colère,
En sagesse érigé ses folles passions,
Et, pour empoisonner la précieuse source
Du sens moral public, emprunté la ressource
Du mensonge imprimé, des diffamations !..

Il n'aura pas, au sein d'une paisible ville
Hôte arrivé d'hier, par la guerre civile
Insolemment payé son hospitalité,
Promulgué ses erreurs comme on dicte des ordres,
Caressé la révolte et semé les désordres
En te prostituant, ô chaste Liberté !..

O ! mes concitoyens, grâces vous soient rendues !
Ces rhéteurs furibons, sentinelles perdues
De systèmes noyés dans le sang et l'erreur,
Ces amis des humains que les humains abhorrent,
Ces apôtres sans foi du Progrès qu'ils ignorent,
Ces candides agneaux qui prêchent la *Terreur*,

Ces Séïdes d'un temps de gloire et d'infamie,
Qui de Quatre-vingt-treize exhument la momie,
Ces purificateurs par le fer et le feu,
Vous leur avez enfin, par la voix des comices,
Prouvé que vous n'étiez ni dupes ni complices
De leur sinistre agiot dont le sang est l'enjeu !...

Ainsi vous vous montrez dignes de vos franchises,
Pieux observateurs de vos vieilles devises,
De la sainte Equité, du calme, de la loi;
Par vous, de la cité le magistrat suprême
Marche pur et lavé du sanglant anathême
Imprimé sur son front par la mauvaise foi.

Oui, notre dernier vote, ô Chef de nos édiles !
Te venge noblement d'ennemis malhabiles,
Des calomniateurs il écrase le front;
Il entoure le tien d'une auréole pure

Et sa justice fait à la vile imposture
De ton triomphe insigne un éclatant affront !...

C'est à toi d'en chérir, s'il se peut, plus encore
Une ville qui paie à l'homme qu'elle honore
Son courage civique à si hauts intérêts,
A toi, puisqu'elle prend pour elle tes injures,
De veiller sur ses droits, de fermer ses blessures
Et de te l'attacher par de nouveaux bienfaits !...

Honneur à toi ! Cité qui vaillamment milites
Contre ces novateurs, agents cosmopolites
Des révolutions dont ils ont les profits !
Courage !.. ils renaîtront ces jours calmes, prospères
Qu'une sage prudence apprêtait à nos pères...
Si leur exemple auguste illumine leurs fils.

Si, voulant élever un monument durable,
Sur les fondations du Passé vénérable,
Ils ne dédaignent pas d'appuyer l'Avenir,
S'ils ne s'égarent point en folles théories,
Si la religion, la famille chéries
De leurs cœurs renégats ne se voient point bannir ;

S'ils ne confondent point la Licence funeste
Avec la Liberté, cette reine céleste,
La Liberté qui fonde et ne détruit jamais ;
Si, de la Calomnie étouffant les couleuvres;
Ils jugent, non les mots, les phrases, mais les œuvres...
Avec des cœurs flamands s'ils demeurent Français !..

15 mai.

Amour.

Sans envier au ciel son riche écrin d'étoiles
On le contemple, ému, ravi, lorsque la nuit
Jette sur l'horison le crêpe de ses voiles
Que perce, en longs jets d'or, l'œil de Dieu qui nous luit.

Au front d'un roi d'Asie on admire en extâse
Le diamant, rayon de feu pris au soleil,
Et l'émeraude verte et la fauve topaze,
Sans convoiter pour soi rayonnement pareil.

Devant Toi, chaste, on pleure, on rêve, on aime, on prie,
O madone aux yeux bleus que créa Raphaël !
Type suave et doux de la Vierge Marie
Qu'un rêve de son âme osa ravir au ciel !

A votre aspect béni, telle fut, ô ! madame,
L'adoration pure et sainte dont mon âme
Vous réserva le culte ineffable, pieux...

Car vous êtes, pour moi, l'étoile qui scintille,
La splendide couronne où le diamant brille,
Le parfum virginal dont l'essence est aux cieux !..,

A CŒLINA.

Sur ma couche, froid linceul
Où je rêve, triste et seul,
A l'Avenir plein de voiles,
Cette nuit, ma Cœlina,
Un bel ange s'inclina :
Ses yeux étaient deux étoiles,

Ses pieds dédaignaient le sol,
Ses deux aîles, dans leur vol,
Ruisselaient d'or et de flamme,
Son sourire ouvrait le ciel
Et sa parole de miel
Chantait divine en mon âme ;

Ses cheveux bruns et soyeux
Sur son col blanc, grâcieux,
Ondulaient, fraîche auréole ;
Sa taille allait s'entourant
D'un tissu plus transparent
Que l'aîle d'un lucciole.

« Je suis ton ange gardien,
» Me dit-il, et, crois-le bien,
» Sur ton Avenir je veille ;
» Ton jour, qui se lève obscur,
» Aura son déclin d'azur,
» Ta nuit, son aube vermeille. »

Ainsi parla l'ange aimé
Versant en mon cœur charmé
L'espoir, ce divin dictame…
Il s'envole, et, seulement
Alors, en lui, ton amant
Te reconnait, ô mon âme !..

PASTOR QUUM TRAHERET, ETC.

HORAT.

Quand le lâche Pâris, sur les vaisseaux de Troie,
Enlevait, au mépris de l'hospitalité,
La fille de Léda, sa complice et sa proie ;
Forçant les vents émus à l'immobilité,

— Voici l'affreux destin que lui prédit Nérée :
« Sur les toits paternels que de maux vont pleuvoir !
» Pour rompre tes liens la Grèce conjurée
» Va briser de Priam l'antique et saint pouvoir...

» Des chevaux, des guerriers quelle sueur ruisselle,
» Que de tombeaux creusés pour un vil intérêt !
» Déjà s'arme Pallas et son casque étincelle,
» Son égide, son char, sa fureur, tout est prêt...

» Fier de Vénus qui t'aide, en vain tes mains infâmes
» Lisseront tes cheveux... en vain tu charmeras
» De tes chants, que la lire accompagne, les femmes;
» Sur ta couche adultère, en vain tu les fuiras. —

» — Tu n'éviteras point la flèche inévitable
» Ni les lourds javelots des Crétois valeureux,
» Ni d'Ajax frémissant la poursuite implacable,
» Ni la fange où, trop tard ! traîneront tes cheveux.

» Ne vois-tu pas sur toi fondre Nestor de Pyle,
» Teucer de Salamine, et, plus que ces héros,
» Ulysse aux tiens mortel, et Sthénélus, habile
» A diriger, d'un char, le vol des javelots ?

» Tu connaîtras aussi leur émule en vaillance,
» Mérion... et voilà que, semant la terreur,
» Plus redoutable encor que son père, s'élance
» Et brûle de te voir, Diomède en fureur !..

» Et toi, pareil au cerf que, sans souci de l'herbe,
» L'aspect lointain d'un loup fait fuir épouvanté,
» Tu fuiras hâletant, lâche autrefois superbe,
» Parjure aux vains exploits promis à ta Beauté !..

» Achille, d'un affront pleurant l'ignominie,
» Des vierges d'Ilion reculera le deuil,
» Mais, les temps révolus, les feux de l'Hellénie
» Des grands palais de Troïe engloutiront l'orgueil ! »

A Mlle P. L.

En lui adressant une copie d'un *Valerio*, représentant un enfant qui paie la dîme à un moine.

Nous avons secoué les préjugés gothiques
Dont nous étions imbus,
Démoli les donjons aux creneaux despotiques,
Détruit les vieux abus ;
Devant les épis mûrs, que sa serpe moissonne,
Chante et rit le fermier,
Sans craindre qu'un prieur, un abbé le rançonne
Au nom de son moutier ;
Nous avons cependant conservé quelque trace
De féodalité,
Car nous payons toujours son tribut à la grâce,
Sa dîme à la beauté.

—

Annette.

Vous avez, ma chère,
Tout ce dont, pour plaire,
La plus belle et fière
S'énorgueillirait :
Quinze ans, taille fine,
OEil noir qui fascine,
Pied mignon qu'en Chine
On vous envîrait !

Dansez-vous ? créole
Souple, agile, folle,
Sylphide qui vole,
L'œil vous suit en vain ;
Chantez-vous ? l'oreille
Soudain s'émerveille
De l'écho qu'éveille
Comme un chant divin !

Brise matinale,
Rose virginale,
Votre bouche exhale
Nards, baumes indous ;
L'abeille s'y trompe
Et sa frêle trompe,
Frémissante, y pompe
Son miel le plus doux !..

Vos cheveux de soie,
L'œil ravi s'y noie,
Quand brille et tournoie
Leur brune onde au jour....
Vous avez, coquette,
Esprit, grâce... Annette,
Pour être parfaite,
Ayez donc l'amour !

NOLUIT CONSOLARI.

LA MÈRE.

Hélas ! hélas ! sur cette terre,
Je n'avais que toi pour tout bien,
Ton doux sourire à ma misère
Prêtait un consolant soutien !....
Pour qu'à ta mère Dieu t'enlève,
Dieu n'est-il pas dur et cruel ?
Mort ! mon enfant !.. non c'est un rêve...
Attends-moi pour monter au ciel...

L'ENFANT.

Qu'elle est splendide la patrie
Qui, de loin, se montre à mes yeux !
Qu'elle est suave l'harmonie
Dont m'inondent les chœurs pieux !!..
Tout est nâcre, azur et topaze
Dans ce monde immatériel....
Mère, partage mon extâse,
Ne pleure plus... je suis au ciel !..

LA MÈRE.

Ingrat !.. par mes veilles, mes fièvres,
Quand vagissait ta frêle voix,

Qu'à mes baisers tes fraîches lèvres
S'ouvrent une dernière fois !..
Qu'une fois, tes regards encore,
A mon sourire maternel,
S'ouvrent comme une rose aurore,
Puis, si tu veux, retourne au ciel.

Longtemps encore l'insensée
Tint sur son cœur, tint dans ses bras,
La relique raide et glacée
De son fils insensible hélas !
Et, quand de sa douleur amère
Elle eut bien savouré le fiel,
En s'éteignant, la pauvre mère
Rejoignit son enfant au ciel !..

RÉPONSE A UN REPROCHE.

On ne peut contenter tout le monde et son père !

Je n'ai point de villas molles, délicieuses,
Où je puisse rêver, poétiser, dormir ;
Dieu ne m'a rien donné que des nuits soucieuses,
La pauvreté, l'exil et des jours sans loisir.

Quand la rigueur du sort m'interdit la campagne
M'en faire un crime, hélas ! est-ce bien généreux,
Et doit-on, au forçat brûlé des feux du bagne,
Parler de prés fleuris et de bocages ombreux ?

D'ailleurs, de ce divan large autant qu'élastique
Je ne dédaigne pas les commodes coussins ;
J'y rêve, nonchâlant, la vie asiatique,
Les vertes oasis, les parfums abyssins...

J'y rêve ces almés, blanches fleurs du Caucase,
Aux danses de bacchante, aux prunelles de feu,
Aux épaules, aux seins que nul voile ne gaze...
J'y rêve le dormir sous un ciel tiède et bleu.

J'y fume gravement la narcotique feuille
Que la Régie altère et débilite en vain,
Près de Laodicée, en esprit, je la cueille
Et mon tube d'argile est, pour moi, de jasmin !

L'Imagination, magique enchanteresse,
Déroule devant moi de splendides tableaux :
Dans ce café fumeux, la brise me caresse,
L'herbe est molle et j'entends de murmurantes eaux !

Ici, chantent, en moi, rossignol et fauvette...
Ici, l'exil des bois m'isole loin du bruit.....
L'influence des lieux, qu'est-ce, pour le poète ?....
Les prés, les monts, les bois, n'a-t-il pas tout en lui ?

Mais de ma verve enfin j'apaise la raffale :
Je ne veux point piller monsieur Victor Hugo :
Lui seul peut égarer sa course triomphale
Par le tiède Orient et le vieux pays goth.

IMPRIMERIE DE A. PRIGNET, A VALENCIENNES.

www.ingramcontent.com/pod-product-compliance
Lightning Source LLC
LaVergne TN
LVHW050516160826
845677LV00003B/1175

* 9 7 8 2 3 2 9 6 1 7 2 8 2 *